Filhos da vergonha

Mike Sullivan

Filhos da vergonha

REFORMATÓRIO

Editor:
Marcelo Nocelli

Revisão:
Marcelo Nocelli
Natália Souza

Imagem de capa:
Karina Tenório

Design, editoração eletrônica e capa:
Karina Tenório

Dados Internacionais de Catalogação na Publicação (CIP)
Bibliotecária Juliana Farias Motta CRB7/5880

Sullivan, Mike, 1979-
Filhos da vergonha / Mike Sullivan. – São Paulo:
Reformatório, 2025.
138 p.: 14x21 cm.

ISBN: 978-65-986974-5-7

1. Poesia brasileira. I. Pinheiro, Mike Sulivan de Paula, 1979-.
II. Título.

S949f CDD B869.1

Índice para catálogo sistemático:
1. Poesia brasileira

EDITORA NOCELLI LTDA
www.reformatorio.com.br

“Sou um produto da injúria. Um filho da vergonha.”

DIDIER ERIBON, *Retorno a Reims*.

Sumário

Somos todos filhos da vergonha

"Uma palavra vertiginosa vinda
do fundo dos tempos."

Jean Genet

Quando me xingavam
de bicha ou de viado na escola
eu só queria me esconder em algum canto.
Tornar-me invisível.

A gente se sente agredido
diante dessas palavras
sem ao menos entender o motivo.

Até que nos damos conta
(sozinhos)
que carregamos a diferença
no corpo e na alma.

E depois disso ainda leva tempo
para que tenhamos coragem
de falar sobre nossos sentimentos e desejos
mais secretos.
Normalmente conversamos com alguém
que não mora na mesma casa —
a família é sempre a última opção.

Leva tempo também para abandonarmos
a impressão de que somos
pecadores ou marionetes
que se agitam na eterna guerra
entre Deus e o diabo.

E leva muito tempo ainda
para bater no peito,
assumir quem somos
e dizer com orgulho
que somos viados, sim.
Bichas, boiolas, baitolas.
Pintosas. Mariconas.

E quem não teve tempo?

Quem morreu antes do tempo.
Quem suicidou-se diante da tortura do tempo.
Quem teve a vida violentada e
roubada antes do tempo.
Quem apanhou.
Quem foi apedrejado.
Quem teve o fígado dilacerado
por gostar de dançar.
Quem foi queimado.
Quem foi morto a pauladas.
Quem foi espancado enquanto saía de uma boate.

Quando penso em minha infância
só sinto medo e vergonha.

Somos todos filhos da
vergonha.

Quando penso em outras vidas após a morte
(Deus queira que não)
que posso ter a chance de reencarnar
logo me entristeço por saber que
novamente serei criança.

Bichas (eu e tantas outras)

Que bicha eu serei
daqui a vinte, trinta anos?
A bicha que frequenta saunas.
A bicha que gasta metade do salário
com os boys.
A bicha arrependida,
que pede perdão a Deus constantemente.
A bicha deprimida,
que se entope de antidepressivos e ansiolíticos.
A bicha que chora todas as noites
com saudade dos mortos.
A bicha que cuida da mãe,
que acredita ser esse o último gesto
de misericórdia.
A bicha nostálgica,
a se lamentar sempre daquilo que
poderia ter sido.
A bicha drogada,
isolada em seu apartamento.

A bicha de coração amputado,
fria, gelada, incapaz de amar a si mesma.
A bicha viajada,
culta, rodeada de livros,
cheia de opiniões e conselhos
que não interessam a ninguém.
A bicha que se julga autossuficiente,
mas que não passa de um ser
que depende dos falsos elogios recebidos
em reuniões de trabalho.
A bicha que só se sente viva nas madrugadas,
pois durante o dia o sol ilumina demais
suas frustrações.
A bicha cansada,
triste, velha, sozinha,
que tem medo da morte.

Que bicha sou eu hoje,
aos quarenta anos?
A bicha que só faz sexo com boys.
A bicha que ainda desconfia
que dar o cu é pecado.
A bicha deprimida.
A bicha que chora diariamente.
A bicha que ama a mãe mais que tudo.
A bicha metade nostalgia, metade desilusão.

A bicha viciada em bala, vinho, calmantes.
A bicha que tem no coração
a dor de existir.
A bicha que tem na arte
o último refúgio.
A bicha que gastou todas as suas economias
comprando um terreno no cemitério,
onde caberá ela e toda a sua família.
Todos juntinhos.
Ali.
Embaixo da terra.
Em silêncio.
Quietos.
Aceitando finalmente aquilo
que nunca devia ter sido questionado
ou rejeitado.
Ali.
Juntinhos.
Iguais.
Insignificantes.

Um estranho na minha cama

I.

Tem um estranho deitado na minha cama.
Deve ser tudo culpa do Zolpidem,
o remédio pra dormir que causa amnésia.
Eu o odiei mais do que nunca naquela manhã.
O Zolpidem, claro.
O rapaz eu ainda precisava descobrir quem era.

Ele está deitado de bruços, só de cuecas
e pela respiração profunda
parece dormir o sono dos justos.
Eu estou sentado na poltrona
onde devo ter adormecido.
Daqui posso vê-lo deitado na cama.

O dia está amanhecendo.
A pouca luz entra pelas persianas
e projeta finas listras sobre seu corpo.
Estou com receio de fazer barulho.
Evito me mexer.
Até mesmo a minha respiração é mais devagar
e silenciosa.

Quem será esse homem?
Como chegou aqui?
Será que transamos?

Estou de camiseta e cueca.
Olho à volta e, aparentemente, tudo em ordem.
No chão não há indícios nem de sexo
nem de farra.
Nada de gel lubrificante, camisinha,
Só maconha e garrafas de vinho.

E se transamos sem preservativos?
Há anos que não faço mais essas besteiras,
tipo trazer pra casa alguém que eu acabei
de conhecer na noite, num bar, na rua
e fuder como se não houvesse amanhã,
sem me preocupar com doenças, violência ou
em ser a próxima vítima de um serial-killer.

Ele se movimenta na cama.
Fica de barriga pra cima.
Respira fundo mas continua a dormir.

Até que não é feio,
tem uma barriguinha que eu curto,
pés grandes que eu adoro
e um volume interessante no meio das pernas.
Não fosse o medo e o constrangimento de
acordar junto a um completo desconhecido
(ou um conhecido que a minha memória
deletou instantes atrás)
sem me lembrar de nada da noite anterior,
eu bem que poderia me juntar a ele na cama.
Não é de se jogar fora.

Zolpidem dos infernos!
Hoje mesmo vou sumir com esses comprimidos.
Não é a primeira vez que isso acontece.
Já fiz compras na internet,
já enviei mensagens para ex-namorados,
já pedi nudes para amigos héteros,
já saí de casa, voltei, dormi
e deixei a porta aberta, escancarada.
Tudo isso sem que me lembrasse de nada
no dia seguinte.

A sorte é que nenhuma dessas situações
me trouxe transtornos sérios.
As compras que fiz na internet foram de livros
(não muito caros),
os ex ignoraram minhas mensagens,
as solicitações de nudes renderam apenas piadas
e a porta deixada aberta durante a noite
só movimentou um pouco a vida
da minha vizinha idosa (e curiosa)
que chamou o zelador,
que chamou a síndica e que juntos, os três,
entraram no meu apartamento e me acordaram
para perguntar se eu estava bem.
Foi assustador ser despertado
por aquelas três entidades,
logo as mais fofoqueiras do prédio,
e que teriam assunto para os próximos meses
— o garoto do 303, metido a escritor,
nu, totalmente drogado.

O médico bem que me alertou
quanto a esses lapsos de memória.
Ele deixou claro que eu deveria tomar o Zolpidem
e me deitar logo em seguida
para não correr riscos de queda
ou de comportamentos "estranhos".

Agora eu estou com essa encrenca no meu quarto.
Como é que eu vou fazer quando
esse homem acordar?
O que eu vou dizer?
Ele não vai acreditar quando eu contar
que não me lembro de nada.
Fico imaginando o que foi que eu disse.
Quais segredos revelei.
O quanto da minha intimidade deixei escapar.

Ele se mexe novamente.
Dessa vez abre os olhos,
se espreguiça,
inclina levemente a cabeça e me encara.

Por alguns segundos,
eu fico sem respirar.

II.

Tento fingir naturalidade
ao dizer "bom dia",
enquanto ele gruda seus olhos em mim
e sorri meio abobalhado.

Ele se ergue apoiando-se nos cotovelos.
Boceja longamente fazendo barulho
(gemendo como um cão cansado)
e joga a cabeça para trás.

Ele diz apenas "bom dia".
E eu agradeço
pelo cumprimento não ter vindo acompanhado
de nenhuma daquelas expressões matinais
insuportáveis *pós-primeira-noite*:
"dormiu bem?", "você curtiu?",
"deita aqui mais um pouquinho".

"Você gostaria de tomar uma ducha?",
perguntei já me pondo de pé. Tive que
pensar rápido. Eu precisava ganhar tempo.

"Seria ótimo", ele disse.

"O banheiro fica no corredor.
Tem uma toalha limpa no armário
debaixo da pia. Fique à vontade."

Assim que ele entrou no banheiro
e fechou a porta, eu andei apressado até a sala
em busca do meu celular.
Podia ser que nele estivesse a chave do mistério.
Mas ao fuçar nas minhas redes sociais
não encontrei nenhuma troca de mensagens.
E também me certifiquei de que
não tinha feito nenhuma postagem indecente.

Pelo visto, o estranho que agora
tomava banho no meu banheiro,
parece ter sido uma boa companhia
já que me manteve distante do celular
a noite inteira.

Vesti uma bermuda,
liguei a tv num canal de notícias
e pus a cafeteira pra funcionar.
Eram quase nove horas da manhã
de um domingo nublado.

Sentei-me à mesinha que ficava na cozinha,
pensativo e embalado pelos
sons que vinham da tv,
do café pingando na cafeteira
e do chuveiro.

Eu só queria que esse homem
estranho fosse embora,
mas seria muito grosseiro da minha parte
não oferecer ao menos uma xícara de café.

Ao sair do banheiro,
cerca de dez minutos depois,
ele sentou-se ao meu lado na cozinha.
Um cheiro bom de sabonete que desprendia
da pele morena dele me desconcertou.
Eu ofereci café e ele disse que sim,
ainda sorridente e aparentemente
tão descontraído que tive vergonha
do meu comportamento infantil,
nervoso, evitando encará-lo.
Depois de três longos goles,
quebrou o silêncio ao elogiar o café.

"Você vai achar que eu sou maluco,
mas eu não me lembro de nada
dessa noite", eu disse enfim.

"Está falando sério?", ele sorriu
como se eu acabasse de lhe contar
sobre uma situação engraçada.

"Sim, nem sequer o seu nome."
Eu permanecia sério.

"Uau", ele murmurou arqueando
as sobrancelhas e afastando-se um pouco.
A sensação que tive é que agora
ele é quem estava com medo de mim.

"Lamento decepcioná-lo",
foi só o que consegui dizer.

"Você riu quando eu te disse
meu nome. Te fez lembrar de um
garoto de programa."

"Eu disse isso?"

"Sim e todos do bar ouviram também."

"Bar? Então eu saí de casa?"

"Ué, como acha que eu entrei aqui?"

"Preciso parar de tomar esse remédio",
desabafei enfiando a cara na caneca de café,
como se estivesse falando sozinho.
Ele me encarava meio perplexo e, também,
curioso com aquilo tudo.
Achei por bem me justificar.
"Eu tomo remédio pra dormir. Insônia crônica.
Esse remédio, o Zolpidem,
causou essa confusão."

Ele deu de ombros e falou:
"A gente se esbarrou no bar América,
que fica aqui perto, a dois quarteirões."

"Sei onde é, mas o fato de não me lembrar
que fui até lá na noite passada é assustador."

"Quer que eu te conte?"

"O quê?"

"Da noite anterior,
de como nos conhecemos."

"Vai adiantar dizer que não?"
Pela primeira vez naquela manhã
sorri e até relaxei um pouco.

"Primeiro vou me servir de mais café.
Está muito bom, aliás!
Será o tempo de eu lhe contar
sobre esse nosso encontro.
Depois vou embora. Prometo!"

Ele então se levantou,
encheu a caneca de café
e voltou ao lugar de antes,
cruzando as pernas e demonstrando
estar bem à vontade.

III.

"Eu já estava no bar fazia cerca de meia hora
quando você chegou", ele disse
fazendo uma pausa.
"Você parecia muito agitado,
mexendo nos cabelos, andando apressado.
Foi direto ao balcão assim que entrou.
Eu bebia sozinho bem próximo ao caixa,
numa mesinha de fundo, pouco iluminada.
A princípio, eu pensei que fosse mais um
daqueles bêbados percorrendo bares à noite
sem rumo, à procura de mais uma dose.
Mas na verdade você queria comprar cigarros.
Vi quando o atendente do outro lado
colocou o maço de cigarros em cima do balcão
e você levou a mão ao bolso de trás da calça,
percebendo só então que havia
esquecido ou perdido a carteira.
Foi aí que começou a gritaria.
Você implorando pra levar os cigarros,
prometendo que voltaria no dia seguinte
pra acertar a conta.
O atendente dizendo que de jeito nenhum

permitiria uma coisa dessa.
Você gritando ainda mais pois era inadmissível
que um cliente de tantos anos
não pudesse comprar fiado.
O atendente mandando você ir embora
senão ia chamar a polícia.
Quando percebi que a coisa estava ficando feia,
decidi intervir.
Levantei da minha mesa,
caminhei até o balcão
e disse ao atendente que eu
pagaria pelos cigarros.
Você me olhou desconfiado,
mas acho que a vontade de fumar
era tão grande que nem pensou em protestar."

"Meus Deus, que vergonha!",
eu disse sentindo as maçãs do rosto queimarem.

"Bobagem! Eu achei ótimo.
Paguei os cigarros, te convidei pra minha mesa
e você aceitou.
Daí conversamos por horas.
E a respeito do remédio, eu já sabia,
pois você não se lembra,
mas me contou que havia tomado.

Inclusive negou veementemente
o meu convite para dividirmos
uma cerveja, dissertando de maneira
muito segura e confiante sobre os efeitos
perigosos da combinação do álcool
com esse medicamento aí."

"Eu costumo falar bastante
quando estou chapado de Zolpidem."

"Bem diferente de agora."

"Esse sou eu de verdade."

"Você é bonito de qualquer jeito."

Eu desviei o olhar
para um canto qualquer da cozinha.
Não sei lidar com elogios.
Fico sem palavras,
vermelho,
o rosto pegando fogo.
Sempre acho que não faço jus a eles,
que sou uma enganação, que logo, logo
as pessoas vão descobrir que sou uma fraude.

"Obrigado pelos cigarros.
Só não vou insistir que você aceite

o dinheiro de volta porque talvez
isso soe como ofensa."

"E seria uma ofensa das grandes.
Eu não aceitaria de jeito nenhum."

"Espero que eu não tenha dito
nenhuma besteira ontem."

"Você foi uma ótima companhia",
ele disse em tom de nostalgia.
O sorriso em seu rosto sumiu,
possivelmente porque se deu conta
de que estávamos prestes a se despedir.

"Eu gostei de você."
Sua voz soou como um lamento.

"Eu não sou uma pessoa boa
pra se gostar. Ando enrolado com uns negócios aí.
Eu sinto muito."

"O rolo seria com o tal garoto de programa?"

"Também."

"Também?"

"Tem um livro que preciso escrever,
as dívidas, a depressão.
O pacote completo não sai barato."

Ele já não se mostra mais tão interessado.
Termina de tomar o café e logo depois
vai embora, conforme o prometido.

Só bem mais tarde
é que me dei conta de que não perguntei
qual era o seu nome.
E ele também não fez questão de dizer.

Quem sabe não o encontro essa noite
novamente
depois de mais um Zolpidem...

A balada da bicha desertora de classe

Eu sou aquela bicha que você comia
no barraco da construção.
Sou também aquela bicha
que você e seus amigos humilhavam na escola,
xingando de viadinho e bicha nojenta,
cuspindo na cara, dando murros,
enfiando o dedo no cu,
prendendo no banheiro na hora do recreio.

Eu sou aquela bicha que precisou fugir de casa,
do bairro, da cidade onde morava
em busca de um lugar para pertencer.
Eu sou aquela bicha que sentiu na pele,
nos ossos, na boca e estômago vazios
a miséria das ruas,
mas que preferiu ficar ali,
com frio e medo,
do que voltar ao lugar que a rejeitou.

Eu sou aquela bicha que se prostituiu
para matar a fome
— pau no cu e barriga cheia.
Eu sou também aquela bicha
que viajou para a Itália
porque lá corpo de bicha valia mais.
Eu sou aquela bicha que foi presa, estuprada,
que levou golpe de macho, perdeu tudo,
ganhou de novo, deu a volta por cima
e voltou para o Brasil com algumas economias.

Eu sou a bicha que conheceu um velho milionário
(o melhor de todos os homens)
Casou-se perante juiz e testemunhas.
Mamãe ignorou o convite.

Eu sou a bicha que cuidou desse homem bom
na sua doença até a hora da morte, amém,
com a força de Nosso Senhor.
Herdei tudo de papel passado.
A única herdeira.
Tomei café com o gerente do banco,
assinei onde tinha que assinar,
apertei a mão do advogado e voltei para a mansão
empoderada, sorridente, rica
e com dois filhotes de spitz alemão.

Enfim, uma bicha-madame de verdade
— o sonho da criança-viada.

Eu sou a bicha que, de vez em quando,
volta ao passado para visitar a mãe,
ainda que aquela velha serva do Senhor
não aceite ver o filho com roupas de mulher.
O filho primogênito e pecador,
que um dia acertará as contas com Deus,
mas que hoje usa jóias, vestido,
pronome feminino.

Eu sou a bicha que
numa dessas visitas ao passado
te encontrou bebendo no boteco,
desiludido, desamparado,
bêbado ao sol do meio-dia,
sem camisa, barbudo.
Perdedor.
Eu sou a bicha que ainda sente tesão
ao se lembrar do tempo em que você me comia
no barraco da construção.
Sorte a minha que bicha burra deixei de ser.
E fujo.
De novo.
Da sua imagem fracassada.

Eu sou essa bicha montada, rica, fina,
com cheiro de Dolce & Gabbana,
que ostenta bolsas Prada, sapatos Gucci,
que toma Clericot no café da manhã.

A mesma bicha
que ainda chora
em algumas noites mais longas.
Também a única disponível no *Grindr.*
A bicha da escada de incêndio do shopping.
A bicha que fez harmonização facial.
Que ajuda com a carteira de habilitação,
que paga cerveja (em segredo)
a desconhecidos no bar,
que anda de cabeça erguida sem dever nada
a ninguém.

Amores que se vão para sempre

O peso do mundo
é o amor.
Sob o fardo
da solidão,
sob o fardo
da insatisfação

o peso
o peso que carregamos
é o amor.

Allen Ginsberg

Hoje eu só levantei da cama
pra cagar e mijar.
A nova onda de antidepressivos
me acertou em cheio.
Sonolência, diarreia, náusea, fraqueza.
O corpo doente,
sem ânimo pra nada

E devo ter deixado a porta aberta
porque você entrou,
sorrateiro,
e veio até o quarto onde eu estava.
Não acendeu a luz, não abriu a janela.
Não se incomodou com o cheiro de mofo.
Não deu sinais de constrangimento
ao me ver nu,
coberto de suor,
contorcido no colchão sem lençóis.
Apenas sentou-se
recostado na parede
e acendeu um cigarro.

Meus olhos mortiços
não podiam crer no que viam.
Logo você,
o cara dedicado ao trabalho,
que temia desagradar a família,
o filho de bons costumes,
preocupado em não ferir a imagem
da mãe cristã,
disposto a continuar casado
para não se culpar por traumas
que os filhos pudessem vir a sofrer.
Logo você,

que jurou nunca mais me ver.
Logo você,
que preferiu levar adiante
o casamento com a filha do patrão,
talvez motivado pela estabilidade financeira,
apesar da frágil aparência de felicidade.

Sinto sua falta.

Você me fez acreditar
que eu estava curado da depressão.
Afastei-me das bocas de fumo,
bebia sem exagero.
Não era mais preciso recorrer
à maconha ou à cocaína
para me sentir vivo.
Na sua companhia
aprendi a ser feliz ouvindo música,
fazendo planos.
Sua presença me acalmava.

Agora você está aqui de novo.
Seus lindos olhos claros
fixados na distância entre nós.
E eu não digo nada,
temendo quebrar o encanto.

Pouco tempo depois,
fotografei sua imagem
pela última vez.
Pisquei pausadamente
e, em seguida,
o perdi.
O cheiro cítrico permaneceu,
mas você se fez fantasma novamente.
Alucinação, vertigem, saudade,
desarranjo das ideias.
Não sei ao certo.
O que sei é que teu rosto
está fixo na minha memória.
Para sempre.

O fantasma atrás da porta

Quem nunca pensou em morrer
para acabar com a dor?
Ainda que não saibamos nada
sobre a morte e seus benefícios,
reina em nosso imaginário
uma espécie de sono apaziguador
que possa dar cabo de todo sofrimento.

Acredito que o suicídio
seja incompreensível porque,
para nosso inconsciente,
somos todos imortais.
E nunca será fácil ver alguém que,
em pleno exercício de liberdade,
dá fim à própria existência.

Um significado para a esperança

A gente se agarra à esperança
porque é o único sentimento
que nos faz esquecer
de nossa própria morte.

Tudo antes da morte
é esperança.

Punheteiro em crise

Punheta é bom,
mas estou cada dia mais cansado
de gozar sozinho.

É comovente o corpo sobre o lençol amarrotado;
o rosto marcado pelos vincos do tecido;
o papel higiênico posicionado
ao lado da cama.

Após o gozo que termina em segundos,
parece não sobrar nada de mim.
O orgasmo estimulado por minhas mãos
não tem sido suficiente
para compensar essa ausência do espírito.

Lembra uma *bad trip.*
A alma afunda em abismos
tão profundos dentro de si mesma que,
assim como na morte,

desejamos ir,
apenas ir,
e não mais retornar para a solidão terrível
de nossa realidade.

A verdade não liberta.
A verdade constrange.

Um sobrevivente

Minha aparência
era a de uma criança muito frágil.
Sempre doente, magra e
com trejeitos efeminados.

Meu comportamento delicado
incomodava meus pais e
cheguei a apanhar por conta disso.
Mas não houve surra que desse jeito
no menino que gostava de dançar
e se requebrar nas festas de aniversário.
Não houve surra que desse jeito no menino
que gostava de experimentar as roupas da mãe.
Não houve surra que desse jeito no menino
que se cobria com lençol e fingia desfilar
por um longo tapete vermelho.
Não houve surra que desse jeito no menino
que sonhava com cabelos longos
enrolando a toalha de banho na cabeça.

Os resfriados, a bronquite,
a dificuldade de respirar
e as alergias de todo o tipo
não amenizaram as brincadeiras maldosas
dos colegas na escola.
Eu era constantemente ridicularizado.
Me chamavam de
bicha,
viado
e
de mulherzinha.

Os vizinhos mais velhos não cansavam de rir
e de me apontar o dedo quando
eu passava na rua. Cheguei a ouvi-los dizer:
"Uma pena que seja assim,
um garoto tão bonito."

Eu me esforçava para ser bom aluno.
Minhas notas eram as melhores da classe.
Lia bastante.
Amava os livros como se eles fossem
a única salvação.
(e eram)
Muitos diziam que eu não ia dar em nada,
que, provavelmente, morreria na adolescência

em decorrência das doenças,
já que eu requeria cuidados constantes.
Ou então morreria de
aids, sífilis, gonorreia.
Ou assassinado.

No entanto,
concluí meus estudos
e continuo vivo,
apesar de todas as circunstâncias contrárias:
o pai alcoólatra, a saúde precária, a miséria.

E demorou para que eu me assumisse.
Neguei minha homossexualidade
por muitos anos,
me escondendo atrás da religião,
me sentindo culpado pelos meus desejos secretos,
em dívida permanente com Deus
e com minha família.

Abandonar a igreja, seus dogmas
e seus líderes fundamentalistas
foi o ato mais nobre
e corajoso que realizei em minha vida,
essencial para me sentir livre.

Uma pena que ainda ouço comentários do tipo:
"É muito inteligente, MAS é viado."
"Publicou alguns livros, MAS é gay."
"Cuida da mãe até hoje, MAS não deixa de ser
uma vergonha para a família."

Esses comentários não me ofendem mais.
Já não é preciso provar nada a ninguém.

Ter sobrevivido até aqui
diz muito sobre quem eu sou
e do que fui capaz para ser feliz.

Cavaleiro do apocalipse

Papai tem nos olhos o brilho mais triste.
Seu corpo fede a suor e ferrugem.
A casa também fede.
                    Cheiro de comida estragada.

Sinto seu hálito azedo
de quem bebeu a noite inteira
quando ele abre a boca para dizer
uma única frase:
                    "Você por aqui!"

Estaria ele surpreso ao constatar
          que continuo de pé,
apesar de todas as maldições que praguejou
contra mim quando me expulsou de casa?

Ou se espanta com a piedade do filho
que decide rever o pai, mesmo após
inúmeras agressões
                    e desprezo?

Afinal de contas
o que eu esperava dessa visita?
Um abraço apertado?
        Lágrimas no rosto dele?
Sinais de compaixão?
        Pedidos de desculpa?

Nada disso!
O que eu queria mesmo era ver
com meus próprios olhos que papai teve
                o que merecia.

Está mais solitário do que nunca.
Bêbado como sempre. Desempregado.
Mendigando para conseguir
                sobreviver.

Não vejo nada nele que
demonstre arrependimento.
Sempre foi orgulhoso.
        Vai morrer orgulhoso.

Tiro algumas notas de dinheiro
da carteira e deixo sobre a mesa.
Ele não diz nada.
Não recusa, nem agradece.
        Ele nunca agradece.

É triste admitir que papai
continua o mesmo.

Eu, porém, estou mais forte.
Ter sido expulso de casa aos dezesseis anos
só me fez entender, ainda que cedo demais
e em meio a tanto sofrimento,
que a companhia desse homem
teria destruído
a minha vida.

Ninguém se preocupa com alguém que sorri

O que me espanta em relação a meus pais
é o fato de nunca terem me perguntado
por que eu era tão solitário;
por que eu me refugiava no quarto;
por que eu comia tão pouco;
por que a falta de amigos;
por que a companhia dos livros em qualquer lugar
e, praticamente,
em todas as situações.

Devia ser por causa
daquele meu sorriso acanhado
fazendo parecer que estava tudo bem.

Afinal de contas,
ninguém se preocupa
com alguém que sorri.

No trabalho é a mesma coisa.
Tento ser uma pessoa normal,
apesar de reconhecer que estou vivendo
sob a mais anormal das circunstâncias.
Cumpro todas as minhas tarefas
com agilidade e eficiência.
Converso com os colegas.
Finjo estar atento na hora do almoço.
Sorrio quando um deles
diz alguma coisa engraçada.

De novo o sorriso disfarçando
as dores, as angústias, a solidão, a tristeza.

E de novo a mesma constatação:
ninguém se preocupa com alguém que sorri.

São raros aqueles que conseguem perceber
o abismo que existe entre um sorriso natural,
espontâneo,
e aquele que surge no rosto de alguém
prestes a cometer suicídio
no minuto seguinte.

Bendita seja a prostituição

"Como a prostituição me parece sagrada; se não fora ela, (...) não teria recebido esse raio louro de um sorriso e de um olhar, para me recordar esse misterioso Amor que se sofre, quando se o tem, e se padece, quando se não o tem."

LIMA BARRETO, *Diário íntimo*.

Saunas gays são templos divinos
onde reverenciamos o Amor.
Mesmo sem nenhuma prova
de sua existência.

O Amor pelo qual padecemos
ainda que não o tenhamos
conhecido ou experimentado.

O Amor que idealizamos
em razão de nossa imaginação
fértil, febril e carente de tudo.

Bendita seja a prostituição!

O sonho tornado real

São quase duas horas da madrugada
e eu estou aqui
contando os trocados,
fazendo cálculos para saber
se o que tenho na carteira e no banco
são suficientes para trazê-lo
no próximo fim de semana.
Não importa.
Recorrerei a empréstimos, cheque especial,
cartão de crédito.
Sei que sou tolo, burro, idiota,
mas todo mundo se torna
um tolo, um burro, um idiota
quando está apaixonado.
Sou capaz de pagar qualquer preço
para ter você perto de mim.
O dinheiro não importa.
A vida é curta.
Não quero perder mais tempo.

Não posso perder mais tempo.
Não acredito em reencarnação,
juízo final, Deus, eternidade.
Nada disso.
Não estou sob qualquer
julgamento moral.
Eu te amo!
Mesmo sendo você um michê.
Em minhas fantasias
você foi o único que me amou.
Sou um escritor, lembra?
O amor só existe pra mim
quando é inventado.

Salvação

O hamster do Diogo
morreu hoje.

Ele me ligou no início da tarde
para contar que havia encontrado
o bichinho morto dentro da gaiola.

Diogo chorava
e eu comecei a chorar também.

Porém, suas lágrimas
eram mais honestas
do que as minhas,
pois ele cuidava do bicho
com extrema dedicação.
Criou apego.

Eu, egoísta,
só chorava pela impossibilidade

de consolar com um abraço
alguém que mora longe.

Por fim, consegui dizer
algumas palavras idiotas
que nunca confortam ninguém,
mas não paro de chorar desde então.
Queria estar lá agora
pra fazer alguma coisa
que amenizasse a dor dele.

Mas estou aqui
devorando cigarros,
bebendo uísque,
sentado no chão,
numa cena patética,
pensando no ratinho,
no Diogo,
chorando copiosamente
diante do pavor
de estar mais uma vez
trazendo para a coleção
um novo amor impossível.

Parece que vai ser
sempre assim.

Um amor impossível
que me salva de outro
amor impossível.

Três pedidos

I.

Meu telefone tocou às quatro da madrugada.
Quando vi o nome do Diogo
na tela do celular,
fiquei com raiva num primeiro momento
e preocupado no minuto seguinte.

"O que houve?", eu disse ainda sonolento.

"Mike, você é a única pessoa em quem confio."

"Diogo, sabe que horas são?"

"Mike, preciso te fazer uma pergunta."

"O que é?"

"Existe alguma chance do nosso planeta
ser invadido por extraterrestres?"

"Que droga você usou?"

"Se você soubesse de alguma coisa
ia me falar, não é mesmo?"

"E por que eu saberia?"

Por um momento eu pensei que aquilo
não podia estar acontecendo.
Eu dando ouvidos para um garoto de programa
entupido de pó, no meio da noite,
assustado e preocupado com uma possível
invasão alienígena.

"Você não é o cara dos livros? Que lê tudo?
E ainda por cima é militar.
Se as Forças Armadas estivessem
com uma missão de defender a terra
de prováveis invasores, você saberia."

"Cara, vai dormir."

"Sou meio paranóico quando se trata de
vida em outros planetas."

Deu pra notar que a voz dele
estava completamente
alterada. Falava rápido e ria
entre uma frase e outra.

"Fica tranquilo que estamos sozinhos
no universo. Vai dormir agora.
Pelo amor de Deus!"

II.

Ele encerrou a ligação.
Mas assim que fechei os olhos
o telefone tocou de novo. Pensei
em não atender, porém a única maneira de fazê-lo
parar de me incomodar seria dizendo a ele
que fosse dormir de uma vez por todas.

"Eu só preciso te dizer mais uma coisa, Mike",
ele disse assim que atendi.

"O que é dessa vez?"

"Acho que vi algo estranho no céu."

"Deve ser uma estrela cadente.
Faça um pedido."

"Três, Mike."

"Três o quê?"

"O certo são três pedidos.
O que você pediria."

Eu não ia discutir isso a essa hora da noite.
Desliguei o telefone.

III.

Só que seria impossível voltar a dormir.
Esses caras são doidos.
E no que diz respeito a michê
eu já vi muita coisa bizarra.
Teve um que confessou pagar dízimo
com grana dos programas.
Outro que cuidava da mãe no asilo
com dinheiro dos clientes.
E a grande maioria, assim como o Diogo,
torrava tudo com roupas e drogas.

Acendi um cigarro e fui pra varanda.
O céu estava bonito e iluminado.

E depois de dois cigarros,
voltei para o quarto,
peguei o telefone
e liguei para o Diogo.

IV.

"Já sei o que eu gostaria de pedir."

"O quê?", ele ainda ria.

"Que a vida seja longa e
sem muitos sofrimentos;
que a morte não tenha rosto;
que o morrer seja silencioso e eterno."

"Tanta coisa pra pedir.
Dinheiro, sexo, drogas.
E você vem de novo com esse
papo sinistro de morrer."

Eu ri.
Rimos juntos.

Diogo achando graça sei lá do quê,
curtindo a viagem proporcionada pelo pó.
E eu rindo de nervoso
porque esses eram os meus reais pedidos
ao universo, a Deus, às estrelas.
A qualquer coisa que pudesse me salvar.

V.

Que a vida seja longa
e sem muitos sofrimentos;
que a morte
não tenha rosto;
que o morrer
seja silencioso
e eterno.

Meu destino é ser louco

E você teve o que queria
desta vida, apesar de tudo?
Tive.
E o que você queria?
Dizer que fui amado, me sentir
amado sobre a terra.

Raymond Carver

Já viramos a noite
bebendo.

Já vimos o sol nascer
fudendo.

Você já me comeu na pia,
no chão da cozinha,
debaixo do chuveiro,
apoiado na estante de livros.

Já viajamos o mundo inteiro
sob o efeito da bala e
vendo fotos na internet.

Egito. Café Savoy em Viena.
Cassino de Monte Carlo em Mônaco.
Catacumbas de Paris.
Ruínas de Puma Punku na Bolívia.
Trafalgar Square, Museu de Londres.
Casa de Anne Frank
e os Coffee Shops de Amsterdã.
Milho Verde, Diamantina, Barbacena.
Fernando de Noronha.

Já filosofamos sobre a Morte,
sobre o tamanho do Universo,
sobre o Tempo.

Já discutimos sobre a existência de Deus,
sobre a santidade de Jesus Cristo esquerdista,
sobre a veracidade do ET de Varginha.

Já vimos elefantes azuis
esquiando na cordilheira dos Andes e
já nadamos em meio a girassóis que
se afogavam na banheira.

Você me disse que meu destino
é ser louco.
E eu acredito que sim.

Já levei advertência da síndica
por gemer alto demais e pelo
cheiro de maconha que acaba por escapar
pelas frestas da porta e pela janela.

Você já preparou o café da manhã
enquanto eu dormia.

Você já me viu chorar.
Eu já te vi chorar.
E só quem já nos viu chorar
sabe da coragem necessária
pra voltar a sorrir.

Já fomos felizes por
uma vida inteira, Diogo.

E se você por acaso
não aceitar mais meus pagamentos,
não haverá outro que o substitua.
Você é o tipo de pessoa que dificilmente
temos a sorte de encontrar
duas vezes numa mesma vida.

Um carro pelo seu amor

Eu te ofereci
um carro.

Eu não me
importaria de
gastar todas
as minhas economias
comprando um carro.

Um carro
pra você
não precisar mais
se prostituir.

Um carro pra
você ganhar dinheiro
como motorista de aplicativo e
largar de vez a outra vida
e vir morar comigo.

Você não disse
nem que sim
nem que não.

E eu não
consigo gastar
o dinheiro com
outra coisa.
Continua lá.
Guardado.
Pra quando você
decidir.

A paz que o meu dinheiro compra

No aplicativo dizia que ele beijava na boca.
Agora não quer beijar.
Até beija, só que o valor é o dobro do combinado.
Eu não tenho esse dinheiro.
Até tenho, mas se beijar na boca hoje
fico sem pagar o condomínio amanhã.

"E aí, qual vai ser?", ele pergunta.

Já está sentado no meu sofá.
Já está bebendo da minha cerveja.
Só isso devia ser o suficiente
pra pagar o beijo na boca.

Eu ainda não sei se vale a pena.
Aquela boca merece isso tudo?
Nas fotos do aplicativo parecia ser
mais carnuda, mais limpa,

daquelas que dá vontade de provar.
Essa bem aqui na minha frente
molhada com a espuma da cerveja
tem uns pontos esquisitos nos cantos
que lembram herpes.

Acho melhor não, eu penso, mas não digo.
Minha boca está ocupada fumando um cigarro.
E pretendo mantê-la assim, ocupada,
só com o cigarro.
E não quero a síndica me cobrando
pelos corredores nos próximos dias.
Pagar o condomínio é a melhor opção.
É o que digo ao boy,
não sobre o condomínio,
sobre ele ir embora,
sem beijo na boca,
sem sexo.
Eu poderia bater uma depois
e assunto resolvido.

"E meu dinheiro? Não posso ficar no prejuízo."

"O dinheiro tá aí na mesa. Pode pegar.
Termina essa cerveja e vai embora."

Só pelo prazer de voltar a ficar sozinho,
bebendo da minha cerveja,
fumando do meu cigarro,
valorizando a minha solidão ainda mais,
só por isso
o dinheiro gasto com esse boy trapaceiro
não foi totalmente desperdiçado.

Não bato uma, não sinto vontade,
não hoje.

Ligo a televisão.
Já é madrugada.
Um pastor aparece pregando.
Pede dinheiro.
Diz que para ser mais abençoado
tem que pagar mais.
Tem uns pontinhos esquisitos na boca...
E começo a rir.

Serei mesmo mais abençoado
se pagar o condomínio amanhã.
É com a síndica que está a minha paz.

A paz que o meu dinheiro
compra.

Minha tragédia doméstica

Mamãe praticamente deixou de falar comigo
ao descobrir que eu era gay.
Ficou magoada ao saber da orientação sexual
de seu único filho por intermédio de outra pessoa,
sentindo-se traída e — como de fato —
a última a saber.

Tia Joana fez um comentário infeliz
num almoço de domingo:
"Se meu filho fosse homossexual,
eu gostaria que fosse igual ao Mike,
comportado e que não fica
desmunhecando por aí.
A gente olha pra ele e nem nota."

Estávamos todos sentados à mesa:
eu, mamãe, minha tia e outros dois primos.
Lembro que abaixei a cabeça
e mamãe sorriu desconcertada,

sem saber ao certo o que dizer.
Tia Joana percebeu a gafe diante do silêncio
constrangedor e dos risinhos abafados
de meus primos.
Minha única reação foi levantar-me
e correr para o meu quarto.

Se pudesse reviver aquele momento,
não teria me trancado no quarto a tarde inteira,
chorando e olhando de esguelha para a porta,
esperando que a qualquer instante
mamãe entrasse,
viesse se sentar ao meu lado
e perguntasse, enfim, o que eu tinha a dizer
sobre as declarações de tia Joana.

Mas ela não veio.
Deve ter ficado trancada no seu quarto também.
Talvez com os olhos cheios d'água,
talvez apenas pensativa,
interrogando a si própria,
em busca de respostas que só poderiam
advir de mim e não através de outra pessoa.

Eu deveria tê-la pressionado.
Ou ao menos tentado um diálogo.

Mas não.
O que fiz foi tomar o primeiro porre
da minha vida com bombons de licor.

Melancolia

Sou uma bicha triste.
E não há nada de surpreendente
                                        nisso.

Tristeza é consequência:
meus trejeitos femininos
castigados com violência;
o hábito de chorar sob o chuveiro
para disfarçar as lágrimas, os olhos vermelhos;
a culpa diante da cruz.

É natural que eu seja antissocial.
Isolar-me sempre foi uma boa estratégia
de defesa e de garantia de vida.

Sou uma bicha
                    triste.

Eu queria escrever
sobre as coisas sublimes,

sobre as imagens que vão além
de nossa autoconsciência,
sobre o sagrado, sobre a beleza que há
nas alucinações narcóticas,
sobre os conceitos indizíveis da matéria,
sobre aquilo que a mente deixa de ver
enquanto está preocupada apenas
com a sobrevivência biológica,
sobre a loucura,
sobre a fantasia dos esquizofrênicos,
sobre o último pensamento dos suicidas,
sobre o amor que move o mundo.
Eu queria escrever alguns versos
usando as palavras mais belas:
epifania, tangível, santimônia,
buganvílias, lápis-lazúli, hortelã,
distopia, piedade.

Sei apenas escrever sobre a tristeza.
Sobre as paixões platônicas.
Sobre a minha incapacidade de amar.
Sobre a minha incapacidade de cultivar
amores reais e possíveis.
Sobre o passado.
Sobre a falta de esperança.
Sobre sexo marginal com estranhos.

Sobre as fugas temporárias do mundo
por meio de ondas químicas artificiais.

Peço perdão!

Sou como um pássaro
de asas cortadas.
Ou um humano de asas
que não aprendeu a voar.
Ou que tem
medo de voar.

Deve ser terrível enxergar
a vida em sua
totalidade.

Tanta luz há
de nos cegar.

Bala de morfina

Morfina não mata
a minha fome de amor,
mas adoça a boca.

A droga que aliviou as
dores cancerígenas de meu pai
é a mesma que eu uso para fugir
desse meu quase permanente
estado sombrio de ânimo.

Pai,
          vê que agora somos iguais?
Eu e você navegando no mesmo barco,
surfando a mesma onda.
Sentindo essa paz concedida pela padroeira
de todas as drogas,
                              amém!

Somos iguais, pai!
Apesar de sempre ter me negado.
E também me rejeitado.

Somos iguais!
Apesar de nunca ter me aceitado
sendo eu quem sou e
sendo eu desse jeito que o envergonhava
perante a família.

Pode ser que a morfina me mate,
mas espero que demore mais um pouco.
Ainda preciso provar
que sou melhor que você.
Em tudo.

E ainda não estou preparado para revê-lo,
caso esteja reservado a nós
a chance de outra vida.

Morfina não mata a minha fome de amor,
mas entorpece a língua, faz dormir
os demônios.

Quem dera seus efeitos não passassem nunca.
O retorno à realidade é sempre
terrível.

Eu vou tirar você desse lugar

Para o gay que transa com um
garoto de programa,
a sua vontade,
sua fantasia secreta e obstinada,
é salvar alguém
que ele julga necessitar de salvação.

Seu desejo é tirar o garoto dessa vida
de saunas, inferninhos,
drogas, bebidas
e trazê-lo para sua vida bem resolvida,
independente e confortável
mesmo contando com um acúmulo
desastroso e perigoso de crises existenciais,
traumas infantis,
sessões intermináveis de terapia,
noites e mais noites regadas a garrafas de vinho.

O que você,
gay que transa com garotos de programa,
não pode nunca esquecer:
esses garotos só transam por dinheiro.

E você paga porque
tem dinheiro.

É o dinheiro que une
vocês.

Sempre o dinheiro.
Nunca o Amor.

Mentira necessária

Gosto quando você diz
ao telefone que sente tesão
por mim.

Gosto quando você chega
na hora combinada e me beija
como se tivesse fome de mim.

Gosto quando você
abaixa as calças e já vai dizendo
que ninguém te chupa como eu.

Gosto quando você me põe de quatro
e mete tudo enquanto tapa minha boca
e ordena que eu aguente calado.

Gosto quando você diz essas
putarias no meu ouvido,
diz tudo o que eu quero ouvir,
diz tudo o que eu paguei pra ouvir.

Gosto quando você goza dentro
e sinto tua respiração ofegante
e teu corpo relaxando sobre o meu.

Gosto de ver você
rolando de cima de mim
para o outro lado da cama,
de barriga pra cima, olhos fechados,
como se você me pertencesse
por alguns breves minutos de euforia
e também de paz.

Gosto de beijar teus pés,
engolir teus dedos salgados,
lamber teu suor, sentir teu sabor.

Gosto da ausência da solidão,
do teu corpo ocupando espaços
antes vazios no meu apartamento
e dentro do meu peito.

Só não gosto quando você
se veste apressado e vai embora
levando quase todo o meu dinheiro.

O Amor é uma mentira
que eu preciso
pra viver.

Caso você se apaixone por um heterossexual

Luzes de emergência irão se acender.
Máscaras de oxigênio cairão automaticamente.
Procure a saída mais próxima.
Corra!
Não olhe para trás.
Corra!
Antes que você seja consumido
pelas chamas.

Bicha masoquista

Estou cansado
de ter você na minha cama
somente pra fuder.
Quero casar, ter filhos,
alguém pra me levar ao cinema.
Quero viver velhos clichês.

Estou cansado
de ver você ir embora
depois de gozar, esbaforido,
nem um pouco preocupado comigo,
evitando me olhar.

Meus amigos já desistiram
de tentar me ajudar.
Perceberam a inutilidade de seus conselhos:
"Esse cara tá destruindo a sua vida."
"Abre o olho."
"Pula fora desse barco antes que

ele afunde com você dentro."
"Ele não te ama. Só está te usando."

Pode ser que daqui a alguns anos
eu olhe pra trás
e perceba o quanto fui idiota.
Não é a primeira vez nem será a última
que eu me apaixono por um cara
que só quer aproveitar-se de mim
para satisfazer seus desejos.
Que diz ser macho
porque é ativo na relação.
Que esconde do mundo
suas paixões secretas.

A carência é a responsável
por todas as minhas tragédias sentimentais.
Nosso caso de amor é uma mentira.
E *"a mentira que precisamos para viver
nos condena a uma vida
que nunca é realmente nossa"*,
disse o filósofo Ernest Becker.

Estou cansado.
Ando muito cansado,
mas não a ponto de resistir
quando você liga e diz que vem.

Por que nos matam?

Tem um revólver apontado
para a minha cabeça.
Juliano está caído ao meu lado.
Um tiro bem no meio do peito.
        À queima roupa.
Eu seria o próximo.

A arma falha.
O homem foge.
O homem que nos perseguiu e que gritou
        "suas aberrações"
antes de atirar.

Juliano está morto.
Eu me abaixo, ainda trêmulo.
Encosto minhas mãos em seu rosto frio.
Meu amigo já não está mais aqui.
Apenas seu corpo sujo de sangue.

Pessoas se aproximam.
(onde estavam quando tudo aconteceu?)
Não há nada mais a fazer.

Por que nos matam?

Não deveríamos ter feito
esse trajeto —
                    Juliano e eu.
Não deveríamos ter saído
tão tarde da boate.
Não deveríamos estar sozinhos
a essa hora da noite.
Não deveríamos ter ido por esse caminho.
"Assim o uber fica mais barato", disse Juliano.
E me convence.
Não deveríamos ter dado tanta pinta.

Por que escrevo essas coisas
como se a culpa fosse nossa?
Não somos nós
os criminosos.

Estávamos tão alegres —
                              Juliano e eu.

Juliano ia cursar psicologia.
Criou coragem para iniciar
o processo de transição.
Deixaria o cabelo crescer.
Eu havia escrito um novo livro.
Mas independente da nossa alegria
e do nosso sucesso
somos aberrações.
O assassino, vindo atrás de nós, gritou
"aberrações" ou "suas aberrações".
Antes de sacar o revólver
e apontar
e atirar
primeiro em Juliano
e depois mirar em mim.

No dia seguinte eu vou estar
no funeral de Juliano.
Impotente.
Por que ele e não eu?
Vou abraçar sua mãezinha.
Por que meu filho e não ele?
Impotentes.
Ela e eu.

Por que ainda nos matam?
Por que incomodamos tanto?

Volto pra casa depois do enterro de Juliano.
Tomo dois comprimidos de Alprazolam.
Impotente.
Por que ele e não eu?
E só quero morrer também.

São muitos assassinos a espreita lá fora.
Esperando. Planejando.
E não importa o que eu faça.
Sempre terá uma arma apontada
para a minha cabeça.

O tamanho do amor que sentimos

Pode ser que a gente se acostume
a conviver com uma pessoa.
Pode ser que a paixão típica
dos primeiros dias
não dure mais que um ano.
Pode ser que o desejo de transar diminua,
passando de cinco dias por semana
para apenas um único dia
ou até mesmo nenhum.
Pode ser que a gente sinta tesão
por outra pessoa.
Pode ser que a amizade no casamento
seja o lado mais bonito e honesto do amor,
aquilo que nos faça ter vontade
de não se separar jamais.
Pode ser que a saudade de alguém
que não vemos há bastante tempo
revele o tamanho do amor que sentimos.

Guardo ainda tuas roupas no meu armário

Guardo ainda tuas roupas no meu armário.
Algumas peças que,
na correria de fazer a mala
e tremendo de raiva,
você acabou esquecendo.
Parecia mesmo decidido a ir embora.

Eu não deveria ter insistido tanto
nessa ideia de filhos.

Por diversas vezes,
tentei justificar o meu desejo
alegando o avanço da idade.
A proximidade dos quarenta anos
e o terrível medo de envelhecer sozinho
eram os principais fatores que influenciavam
a minha vontade de ter um filho.

Por outro lado, você dizia
que a gente já tinha problemas demais
para querer trazer mais um para dentro de casa.
Dizia ainda que filhos
são eternas dores de cabeça,
preocupação para a vida toda.

Acho que você cansou de discutir.
Abandonou-me por reprovar
minha insistência pela paternidade.

Manterei tuas roupas no armário.
Além de cheirá-las quando a saudade aperta
— teu perfume continua grudado em cada peça —,
quero crer na possibilidade do retorno:
num dia chuvoso,
você,
sem guarda-chuva e ensopado
passando em frente ao meu prédio,
lembrando-se das roupas que aqui deixou,
apertando o interfone,
subindo,
tomando um banho quente,
esperando a chuva passar.
Gal Costa tocando na vitrola,
tua presença preenchendo a sala.

Depois um, dois, três cigarros.
E ainda uma, duas
ou mais garrafas de vinho.

Ainda acredito que o nosso amor
continua insepulto,
à espera de uma conversa definitiva.

Pode ser que a chuva
o reanime.

Quanto a ter filhos,
não desisti.
Tenho pensado nisso
todos os
dias.

O tempo de uma vida

É impossível, compreendo,
penetrar na solidão de outra pessoa.

PAUL AUSTER, *A invenção da solidão*

"Você é tão solitário, Mike!"

"A solidão é uma condição humana.
Não se trata de escolha."

"O que você quer dizer com isso?"

"Quem, além de ti, habita o teu corpo?
Quem tem acesso aos teus pensamentos?
Quem pode morrer no teu lugar,
mesmo se assim desejasse?
Quem pode dividir contigo as tuas dores?
Quem pode aliviar o peso dos sofrimentos
sobre teus ombros?

Quem pode compartilhar das
belezas e das tragédias
vistas pelo teu olhar?"

"Ninguém."

"Esta é a solidão a que todos nós
estamos condenados. O corpo é uma casa
incrível, sofisticada,
mas onde só cabe uma pessoa.
Nossa individualidade,
a consciência de existirmos no mundo
é um milagre e também uma maldição."

Não ouvi mais comentários.
E só então percebi que conversava sozinho.
Não havia mais ninguém na sala
além de mim.
Billie Holiday não cantava mais na vitrola.
O silêncio predominou.
O vinho também acabou.
Era a última garrafa.

Eu estava sozinho
com minhas teorias sobre a solidão
para justificar a minha própria
solidão.

Apaguei as luzes
e me joguei na cama.

"Quem acordará ao teu lado amanhã?",
insistiu a voz.

Ninguém, eu disse a mim mesmo.
Amanhã serei apenas eu de novo.
E depois de amanhã,
e depois
e depois
e depois mais uma vez,
em companhia da solidão,
do cansaço,
da angústia
a que todos nós estamos
condenados.

A solidão
dura o tempo
de uma vida.

Algumas coisas não mudam

Eu caminhava
bêbado pela rua
de madrugada.

Eu só queria
chegar em casa,
tomar um banho
e dormir.
Talvez ainda fumar
um último cigarro.
Mas já devia ser quase
cinco da manhã.
Alguns carros passavam
por mim buzinando alto.
Com certeza por causa
do meu equilíbrio precário,
tropeçando
nos próprios passos.

Lembrei que não
poderia dormir
nem muito menos descansar
ao chegar em casa.
Não agora.
Eu precisava trabalhar.
Ir para aquele inferno.
Conviver com pessoas
falsas demais,
educadas demais,
limpas demais,
sóbrias demais,
perfeitas demais.

Meu Deus,
por que eu não podia
simplesmente
cair na cama,
dormir o dia inteiro,
acordar sabe-se lá que horas,
fumar quantos
cigarros eu quisesse,
escrever dois ou três
poemas ruins
e começar a beber
de novo?

Algumas coisas não mudam.
Por mais que a gente queira.
O vinho vagabundo
que te dá aquela
dor de cabeça insuportável.
As baratas andando
sobre o fogão e a pia à noite.
A ressaca desgraçada pela manhã.
O falso juramento
de parar de beber.
Aquela onda de prazer
que te invade nos primeiros
trinta minutos
sob o efeito da bala.

Algumas coisas não mudam.
Eu chegando em casa,
bêbado,
de madrugada.
Aquele arrependimento
que bate depois de pagar
o boy
e saber que ficará
sem dinheiro
o resto do mês.
A necessidade

de companhia
em dias frios.
A vontade de ir
embora do mundo
sem precisar
morrer pra isso.

Algumas coisas
simplesmente
não mudam
jamais.

Epifania

I.

Um amigo taxista vai me buscar no bar
às cinco horas da manhã.
Ele é discreto, não faz muitas perguntas
e não se incomoda nem um pouco
com o meu silêncio.

Tem pessoas que bebem e ficam alegres,
outras que ficam agitadas e até violentas,
e há tantas outras que, assim como eu,
ficam caladas, pensativas e melancólicas.
Quando chego nesse estágio da embriaguez
eu me isolo em algum canto,
onde de preferência
não serei mais importunado
por amigos beberrões
me implorando pra tomar
só mais um gole.

O bom mesmo é acordar em casa
depois de uma noite dessas.

Já teve dias de eu acordar na calçada do bar
com as portas fechadas,
num banco de madeira da praça,
aos pés de uma árvore, beijando a grama.
Mas isso é muito ruim.
Não que acordar bêbado e fora de casa
vá mudar o que penso a meu respeito.
É ruim por causa da intromissão
dos outros na minha vida.
Gente que nem conheço!
Não tolero aqueles olhares
com ar de superioridade.
Ou então aquela expressão
de quem está sentindo pena do homem
largado e abandonado na rua.
Quando se é jovem,
amanhecer bêbado e jogado pelos cantos
é até engraçado,
mas depois dos quarenta anos,
chega a ser humilhante.
Torna-se demonstração de fraqueza,
solidão,
abandono.

II.

Quando passávamos em frente a uma padaria,
pedi ao taxista, o meu amigo,
que parasse o carro.

Todos naquela padaria já me conhecem.
Por isso mesmo não causei espanto
nem temor quando entrei.
Mesmo estando eu com aquela aparência
tão desleixada e digna de desconfiança.
Os cabelos bagunçados,
segurando com dedos trêmulos um cigarro,
cambaleante e, muito provavelmente,
fedendo à cachaça e suor.
Nenhum daqueles funcionários pediu
que eu apagasse o cigarro.
Nenhum deles tentou me impedir
quando me arrastei até a mesa dos fundos,
encostada à vidraça
de onde poderia apreciar a vista lá fora.
Nenhum deles me expulsaria dali.
Essa era a vantagem de ser
uma pessoa pacífica.

Pedi um café duplo e sem açúcar.
Acendi outro cigarro.
O ambiente ali é muito agradável,
especialmente àquela hora da manhã,
praticamente vazio.
E eu gosto dos sons do mundo se refazendo.
O tilintar das xícaras.
Os calçados se arrastando no chão.
O murmúrio dos funcionários.
O cheiro de café e de pão fresco.

Lá fora também o mundo se refaz.
A luz do sol surgindo lentamente,
como se não quisesse ser notada.
Aquele momento mágico
de transição da noite para o dia,
que lança um brilho especial
sobre a terra e permite que todas
as coisas renasçam.

Pessoas vão surgindo pouco a pouco na rua.
Algumas apressadas, outras sonolentas,
muitas em grupo, rindo,
ainda agarradas a latas de cerveja
e desejando que a festa não tivesse
terminado nunca.

Eu tinha a impressão
de que o crepúsculo nos devolvia às trevas
enquanto a aurora nos convocava
de volta à vida.

Era sobre isso que eu pensava
ao tomar o segundo café duplo
e fumar mais alguns cigarros.

III.

Uma pena que depois a padaria
começou a encher de gente.
Os sons e vozes tornaram-se insuportáveis.
E uma funcionária veio me pedir,
muito educadamente
e pouco à vontade
que eu apagasse o cigarro.

Logo entendi que não era
apenas o cigarro.

Então paguei a conta e fui embora
antes que eu pudesse maldizer
aquele meu direito ao
renascimento.

Quando eu não estiver mais aqui

Um dia,
quando eu não estiver mais aqui,
eles virão até minha casa
e irão revirar as minhas coisas
em busca do que roubar ou
do que jogar fora.

Um dia,
quando eu não estiver mais aqui,
eles irão invadir a minha privacidade
em busca de um segredo.

Um dia,
quando eu não estiver mais aqui,
irão abrir as gavetas e os armários e
mexer no computador,
na esperança de encontrar
um livro inédito, um anel roubado,

a máquina fotográfica que eu gostava de exibir,
qualquer coisa que sirva
pra conseguir algum dinheiro.

Uma pena, pois aqui só tem livros,
papéis amassados sem valor literário
e rolhas de vinho que guardo
até hoje não sei por quê.

Um dia,
quando eu não estiver mais aqui,
que joguem fora os diários,
as anotações sem sentido,
os manuscritos inacabados.
Que joguem fora
meus projetos ruins,
meu sonho de ser um escritor famoso.

Um dia,
quando eu não estiver mais aqui,
que doem os livros
que se livrem das drogas
que abram as janelas
que deixem o ar entrar
que varram a casa
que joguem o lixo fora

que preservem as plantas
que salvem as flores.

(que salvem as flores
que tanto já me salvaram
de mim mesmo)

Um dia,
quando eu não estiver mais aqui,
que ao menos me digam
adeus!

Eu já fui um milagre

Para minha mãe, Leda

Sei que antes de mim
houve um aborto espontâneo
seguido de hemorragias e internações.
Eu em teu ventre dois anos depois
foi um grande milagre.
Teu corpo não me rejeitou
e eu te agradeço por isso.

Eu já fui um milagre!
Graças a você!

Na escola e na rua eu enfrentava a fúria,
as zombarias, a violência.
Em nossa casa, em meio à pobreza,
eu tinha você.
E você, sozinha,

já era tudo o que eu precisava
para suportar as ofensas do mundo.

Você nunca me constrangeu.
Nunca me fez perguntas indelicadas.
Nunca se importou ou
sequer me pressionou a dizer a verdade.
Esse silêncio,
que não é desprezo,
que não é tristeza,
que não é incompreensão,
é um laço gigante que nos une.
Aceitação é,
antes de mais nada,
atitude.
Atitude que testemunhei
em teus gestos de amor.
Aceitação que encontrei
no conforto e prazer
na tua companhia.

Se há em mim ternura,
é porque você me ensinou a ser gentil.
Se as pessoas dizem que
meu olhar transmite paz,
é porque você me ensinou a ter esperança.

Ter esperança sempre.
Apesar da dor e do preconceito.
Apesar dos sofrimentos
que a vida nos dá.

Agradeço por estar ao meu lado
nos momentos mais duros da depressão.
Se não me suicidei
foi porque você estava lá.

E me desculpe.
Bebo muito quase todas as noites.
Me encho de remédios durante o dia.

Se não digo com muita frequência
que te amo
é porque sinto que toda declaração de amor
carrega em si
um tom de despedida.

Cicatrizes

As cicatrizes em suas costas
eu só vejo pela manhã.
Ele ainda dorme de bruços ao meu lado,
enquanto eu, encostado na cabeceira da cama,
fumo o primeiro e mais agradável cigarro.
São apenas seis horas e me impressiona
aquela quantidade de cortes em seu corpo.
Acidente? Violência?
Marginalidade? Doença?
Eu não teria coragem de perguntar.
Porque eu também não gosto de falar
sobre minhas próprias cicatrizes.
As que trago em partes escondidas do corpo.
No antebraço, na parte interna das coxas,
na barriga.

Quando criança eu me cortava
com o que tivesse ao alcance das mãos.
Uma faca afiada esquecida sobre a mesa ou

um cortador de unha ou uma lâmina de barbear
ou até mesmo um caco de telha.
Eu descobri que ganhava a atenção de meus pais
com esses *pequenos acidentes domésticos.*
E era também uma forma de agredir
esse meu corpo que nunca desejei.

O rapaz
que está ao meu lado na cama
acorda.

Vira-se para mim e sorri.
Um sorriso tão lindo
e reluzente
que me faz esquecer dos cortes.
Os meus.
E os dele.

"Sua boca está sangrando",
ele diz espantado.

Só então percebo
que estive o tempo todo
a mastigar meus lábios.

Na boca do lixo

Encontrei seu sorriso na boca do lixo
numa das curvas do morro
num bar habitado por fiéis da igreja
"miséria pouca é bobagem".

Eu havia passado um mês e meio
internado na clínica de reabilitação.
Quarenta e cinco dias sem cocaína.
Em momentos assim
a gente só pensa em ir pro bar
e comemorar.
Bar é tipo o templo religioso
dos que verdadeiramente
se fodem na vida.
Tanto as tragédias quanto os lampejos
de esperança são exaltados erguendo
um copo de cachaça.
(primeiro erro)

Lá estava ele sentado no meio fio,
sem camisa, com um litrão do lado,
fumando um cigarro
que parecia ser infinito.
E depois de três doses de qualquer coisa
que contenha álcool,
viado não sabe o que é falta de coragem
quando enxerga um cara bonito
e precisando de companhia.
(segundo erro)

Agachei-me bem a sua frente.
Meus joelhos estalaram.
Esperei pelo murro no meio da cara.
Mas ele sorriu.
Mandei avançar mais um litrão pra gente.
E um maço de derby também.
Então ele abriu a mão e deixou
que eu visse o tesouro
entre seus dedos — o pino de cocaína.
(terceiro erro)

E que se fodam os erros,
a reabilitação,
meu corpo limpo.

Não me lembro de nada
daquela noite depois que começamos
a beber a cerveja.

Despertei no dia seguinte
à beira de um riacho poluído,
com um cachorro lambendo
as feridas frescas do meu rosto.
Minha carteira havia sumido e não fazia ideia
de como voltar pra casa.

Todo dia um homem diferente

Todo bicha quer chegar em casa
depois do trabalho
e encontrar
deitado no sofá da sala
um homem bonito, gostoso,
pronto pra transar e fazer esquecer
as coisas ruins
que aconteceram naquele dia.

Tenho a sensação de que tudo
que a gente faz na vida,
todos os perrengues que suportamos,
o trabalho ruim,
o chefe filho da puta, o estresse,
o ônibus lotado,
as contas atrasadas,
as dores crônicas,
tudo isso

é sonhando em chegar em casa
cansado
e ter à disposição
um homem bonito e gostoso.

A gente se concentra tanto
pensando apenas na parte boa
que até esquece dos defeitos.
Tampa do vaso mijada,
toalha molhada sobre a cama.
Chulé, ronco, suor, chifre, vícios.
Interesseiros, mal resolvidos.
Mulher na jogada,
dinheiro em troca.

E quando é ruim de sexo,
pau pequeno,
ejaculação precoce ou
ativo indeciso,
aí só resta abrir a porta,
juntar as coisas
e mandar de volta
para a esposa,
para a casa da mãe,
para o aplicativo que te enganou,
para a sauna cheia de outras opções.

E começar
tudo de novo.

Porque homem é bom e a gente gosta.
Porque o sonho do
homem bonito e gostoso
esperando em casa
vai continuar.

Um homem
todo dia.

Todo dia um homem
diferente.

Ela estava aqui o tempo todo

"Você é limpo. E sua casa é arrumada",
disse o rapaz depois de beber
um pouco do vinho.

Eu raramente trago alguém aqui.
E a contemplar o rapaz aborrecido
e pouco à vontade,
eu já começava a me arrepender.

"Parece decepcionado", eu disse.

O pobre rapaz bebeu mais meia taça do vinho
e começou a falar sem parar
enquanto olhava tudo à volta
mais uma vez.

"Cadê a cerveja, a cachaça?
Cadê a cocaína sobre a mesinha de centro?

Cadê os restos de comida no tapete?
Cadê a pia cheia de louça?
Cadê as cuecas sujas espalhadas pela casa?
Cadê as revistas pornográficas?
Cadê os livros do Bukowski?
Cadê os cinzeiros abarrotados
de cinzas e de cigarros?
Cadê a máquina de escrever?
Cadê as folhas de papel amassadas?
Cadê as poesias jogadas no lixo?
Cadê os olhos alucinados?
Cadê a loucura no seu sorriso?
Cadê o escritor genial,
decadente
e
faminto?
Cadê os móveis caindo aos pedaços?
Cadê as putas, os boys, a miséria?"

"É por isso que veio?", perguntei.

"Você é uma fraude!
Cadê o Mike cabeludo,
com a barba por fazer,
sem tomar banho,
drogado, com mau hálito, bêbado?"

"Eu só quis agradar",
disse acendendo um cigarro.

"Pelo menos você fuma.
Nem tudo é mentira."

Em seguida levantou-se,
pôs a taça vazia sobre a mesa da sala
e se despediu:

"Obrigado pelo vinho, mas
já tá na minha hora."

Não fiz nada para impedir
ao vê-lo indo embora.

Terminei de matar a garrafa de vinho
(que me custou o olho da cara),
depois bati uma punheta
pensando no pobre rapaz e
me arrastei até a cama.
Agora sim, bêbado.

Acho que eu não correspondi
às suas expectativas literárias.

No entanto,
só uma coisa lhe escapou:

a solidão estava aqui
o tempo todo entre a gente,
mas o pobre rapaz não viu.

Poema divino

Deus existir
ou não: o mesmo
escândalo.

Orides Fontela

Eu acredito em Deus
porque tenho medo da morte.
Eu acredito em Deus
porque tenho medo de fantasmas.
Eu acredito em Deus
porque tenho medo do inferno.

Eu acredito em Deus
porque tenho medo de quase tudo.

Eu acredito em Deus
porque algum sentido
há de ter para a existência.
Eu acredito em Deus

para evitar o suicídio.
Eu acredito em Deus
porque é o único que me ouve
quando estou chapado.
Eu acredito em Deus
porque Ele suporta a minha companhia.
Eu acredito em Deus
porque dizem que Ele me ama.
Eu acredito em Deus
porque tenho curiosidade
de saber como é o céu.
Eu acredito em Deus
para ter a quem pedir milagres.
Eu acredito em Deus
porque sou fã de Jesus Cristo.
Eu acredito em Deus
porque tenho a quem culpar
pelas minhas desgraças.
Eu acredito em Deus
por influência da minha mãe.
Eu acredito em Deus
porque acho que tenho fé.

Eu acredito em Deus
porque é preciso um ponto de origem.
A Semente.

A Matriz.
Algo que dê conta de explicar o mundo,
o universo,
as estrelas,
o mar,
a gravidade,
os buracos negros.

Eu acredito em Deus
e é simples assim.
Mesmo que seja só por uma noite,
um dia,
algumas horas.
Ou somente enquanto
escrevo esse poema.

Coisas que os heterossexuais nunca vão entender

A dor de algumas
palavras.

O sentimento de vergonha
experimentado na infância.

Ser xingado de "viado nojento"
faz a gente se sentir estranho, bizarro,
doente, anormal, inferior.
O corpo dói inteirinho.

Os heterossexuais
nunca vão entender
o que é uma infância marcada
por segredos e silêncios.

Nunca, jamais vão entender
o que é ficar sozinho numa sala
com um psiquiatra ou um psicólogo
sem saber o que dizer.

Minhas notas na escola eram boas,
não brigava na rua,
respeitava pai e mãe.
E mesmo assim acharam por bem
me levar ao médico.
Por dias e horas fiquei lá,
naquela sala abafada, diante
de um desconhecido, como se estivesse
precisando de um "tratamento".
Só porque eu era quieto demais.
E um pouquinho triste.
E gostava de dançar,
de brincar com as meninas,
de desenhar vestidos de noiva,
de experimentar as sandálias de mamãe.

Não, os heterossexuais
nunca vão entender
o que é ser visto como
uma maldição.
Não é fácil ser
uma "criança-viada-maldita".

Também não é fácil entrar na igreja
sentindo-se de fato culpado pelos desejos.
Não é fácil carregar o fardo das injúrias.
Não é fácil crescer sendo rejeitado
pela família, pelos líderes religiosos,
pelos amigos, pelos amores platônicos
que vamos colecionando
ao longo do caminho.

O que os heterossexuais
precisam entender
é que nada nesse mundo,
nem as injúrias, nem as maldições,
nem o desprezo,
nem os segredos e silêncios,
nada pode nos tirar o direito
à vida e à felicidade.

NADA

Aprendi
nessa longa e árdua travessia
que, como sujeito livre,
é possível

(e necessário)

reinventar a própria existência
todos os dias, ainda que a luta
contra a violência e o preconceito
seja para a vida toda.

As dores,
carrego algumas.
A vergonha,
não mais.

A grande revolução

Amar outro homem
sem que a sociedade
queira nos matar por isso.
Beijar quem amamos em público.
Andar de mãos dadas na rua.

Ter a liberdade para assumir
                    quem somos.
Não ter medo de ser
                    quem somos.
Desejar que não transformem
a nossa vida num inferno por ser
                    quem somos.

É tudo tão simples
o que eu peço.
Mas trata-se de uma
grande revolução.

É preciso ser um
revolucionário
para ter o direito de amar.

Este livro foi composto em Minion Pro
e impresso em papel pólen bold 90 g/m²,
em junho de 2025.

Impressão e Acabamento Gráfica Viena
Todo papel desta obra possui certificação FSC® do fabricante.
Produzido conforme melhores práticas de gestão ambiental (ISO 14001)
www.graficaviena.com.br